Friedrich Ani • Quint Buchholz

MATHILDA UND GIACOMO

Friedrich Ani • Quint Buchholz

MATHILDA UND GIACOMO

DROEMER

Besuchen Sie uns im Internet:
www.droemer.de

FSC
www.fsc.org
MIX
Papier aus verantwortungsvollen Quellen
FSC® C012425

Umschlaggestaltung: ZERO Werbeagentur, München
Umschlagabbildung: Quint Buchholz
Illustrationen: Quint Buchholz
Satz: Adobe InDesign im Verlag
Druck und Bindung: Offizin Andersen Nexö, Leipzig
Printed in Germany
ISBN 978-3-426-19954-1

2 4 5 3 1

MATHILDA
UND GIACOMO

Mathilda war schon immer eine äußerst eigenwillige Schwänin gewesen.

Rudolf tunkte seinen Kopf so lange vor Verachtung unter Wasser, dass seine Frau schon dachte, er trainiere wieder für diesen lächerlichen Gründelwettbewerb, der jeden Sommer zwischen Kurfürsten- und Königsinsel stattfand und bei dem Rudolf ewiger Zweiter blieb. Erst als er mit nahezu hochrotem Kopf wieder auftauchte und mit den Flügeln schlug, begriff Hermine, was mit ihm los war.

»Ich hab's gewusst«, sagte Rudolf. »Ich hab's gewusst. Ich hab's gewusst.«

Er neigte dazu, Dinge zu wiederholen, wenn er sich ereiferte. Diesmal hörte er überhaupt nicht mehr damit auf.

»Ich hab's gewusst. Das musste so kommen. Erinnerst du dich, was ich letztes Jahr zu dir gesagt hab? Ich hab's gewusst. Ich hab zu dir gesagt, dieses Mädchen wird uns noch mal großen Ärger machen. Ich hab's gewusst. Ich hab's gewusst.«

»Beruhige dich«, sagte Hermine. Sie bevorzugte das knappe, unaufgeregte Sprechen. »Morgen ist alles wieder vorbei. Iss eine Mücke und entspann dich.«

»Ich hab's gewusst. Hab ich nicht letzten Monat noch zu dir gesagt … Schau, was sie da macht! Schau, schau, schau, schau doch! Morgen ist alles wieder vorbei! Morgen kommt sie mit einem Algenhut daher und schwänzelt sich einen ab.«

»Bitte, Rudolf«, sagte Hermine. »Wenn dir jemand zuhört!«

»Wer denn? Die glotzen doch alle Mathilda an. Die glotzen alle. Alle glotzen sie die irre Mathilda an.«

»Sie schauen«, sagte Hermine ruhig, »weil Mathilda schwarz ist. Das sind die Leute nicht gewohnt.«

»Die Leute«, schnaubte Rudolf. »Die Leute sind alles Mögliche gewohnt. Die verreisen doch dauernd überallhin. Die sind alle weiter rumgekommen als unsere Vorfahren. Die Leute glotzen, weil sie noch nie so eine Irre gesehen haben. Für mich ist das keine Überraschung, dass die jetzt irre geworden ist, für die Leute schon. Die Leute trauen ihren Augen nicht.«

Die Leute trauten ihren Augen tatsächlich nicht, aber nicht deshalb, weil Mathilda der einzige schwarze Schwan unter lauter weißen Höckerschwänen auf dem Kleinhesseloher See war. Sondern weil sie noch nie eine so verliebte Schwänin gesehen hatten.

Sogar den alten Engels beachtete sie kaum noch. Er hatte sonst als Einziger ihren Kopf streicheln dürfen, und wenn er ihr eine seiner Geschichten erzählte, hatte sie immer aufmerksam zugehört und sogar dazu genickt und einen verständnisvollen Laut ausgestoßen.

Nun bog sie unaufhörlich ihren langen Hals von einer Seite zur anderen, bewegte ihren Kopf rauf und runter, klappte ihren strahlend roten Schnabel auf und zu und gab überschwengliche Laute von sich. Und dazu wedelte sie mit scheinbar unerschöpflicher Leidenschaft mit dem Puschel.

Zwischendurch legte Mathilda ihren Hals – und die Schwarzschwäne haben die längsten Hälse von allen Schwänen – auf die grün schimmernde Wasseroberfläche und bejubelte ihren Liebsten mit trompetenartigen Fanfaren.

Leider antwortete ihr Liebster nicht.

Das war auch der Grund, warum Rudolf Mathilda für irre hielt.

Mathildas Liebster war weiß und sah irgendwie aus wie ein Schwan. Aber erstens war er ungefähr fünf Mal so groß wie Mathilda. Zweitens war er im Wesentlichen aus Plastik. Drittens passiert es in der Natur niemals, dass sich ein weißer und ein schwarzer Schwan ineinander verlieben – sie begegnen sich nicht einmal. Und viertens hat der Herrgott sich nicht all die Mühe mit den einunddreißig Halswirbeln, den gelockten Federn an den Flügelrändern, den raffiniert im Gefieder versteckten weißen (!) Schwungfedern, dem mondänen weißen Band an der roten Schnabelspitze, den sensiblen Gehörorganen, den farblich variierenden Augen und all den anderen Eigenschaften des *Cygnus atratus* gemacht, um am Ende zuschauen zu müssen, wie so ein Prachtexemplar von fliegendem Federvieh sich Hals über Kopf in ein albernes, träges Wasserfahrzeug verliebt.

Mathildas Liebster nämlich war ein Tretboot.

Wo die Liebe hinfällt, da wächst sie.

Und Mathilda – obwohl ihr Hals eh schon unendlich ins Wolkige strebte – wuchs über sich hinaus.

Im selben Moment, als der Bootsverleiher Joachim Burger sein neues Tretboot mit dem riesigen Schwanenhals, dem Schwanenkopf und Schwanenschnabel und überhaupt dem ganzen schwanig-zaubrischen Wesen von der Anlegestelle ins Wasser schob, begann Mathildas Herz zu lodern. Schwarze Flammen – das sah natürlich niemand außer ihr, nicht einmal der neugierige Schlaumeier Rudolf – schlugen aus ihrem Gefieder und versengten die Luft. Mit Feuer in den Füßen paddelte sie von der

Mitte des Sees zum Ufer neben dem Restaurant Seehaus, wo sich »Burger's Bootsverleih« befand und die Leute schon drängelten. Jeder wollte als Erster mit dem neuen Schwanenboot fahren.

»Schau, Mama, der verbrannte Schwan schwimmt dauernd hinter uns her.«

»Der Schwan ist nicht verbrannt, mein Schatz, der ist nur schwarz.«

»Schwarze Schwäne gibt's doch gar nicht!«

»Siehst du doch.«

»Nein, der ist bloß verbrannt.«

Solche Sachen musste Mathilda sich während der Jungfernfahrt ihres Geliebten anhören. Ein paar Mal steckte sie den Kopf tief ins Wasser, um ihre Ruhe zu haben und ungestört ihren Gefühlen nachzuhängen. Was sie fühlte, konnte sie nicht beschreiben, es brachte ihre sechs Kilogramm Körpergewicht zum Beben, es ließ ihr schwarzes Gefieder vibrieren und ihre geheimen Schwungfedern leuchten. Und ihre Augen strahlten so orange wie noch nie.

Wo immer das Tretboot hinsteuerte – in die Nähe einer der drei weidenbewachsenen Inseln, zum Ufer auf der anderen Seite des Bootsverleihs, entlang dem Biergarten –, wie unbeholfen die Treter sich auch anstellen

mochten und das Boot entweder im Kreis oder im Zickzack lenkten oder so gut wie gar nicht von der Stelle kamen, wie unerträglich das Gerede und Gelächter der Ausflügler auch war: Mathilda wich nicht vom Bug.

Mit langgestrecktem Hals und übermütig bobbend, folgte sie den Bahnen ihres Herzensschwans. Stunde um Stunde, den ganzen Vormittag und den ganzen Nachmittag.

Und am nächsten Tag von neuem. Und am übernächsten ebenso.

Nach sechs Tagen tauchten die ersten Reporter auf.

Am achten Tag wollte niemand mehr ein Ruder- oder eines der roten oder weißblauen Tretboote ausleihen, alle wollten mit dem Schwan fahren und sich fotografieren, filmen oder interviewen lassen. Denn auf der schmalen asphaltierten Anlegestelle von »Burger's Bootsverleih« standen dicht gedrängt Kameramänner und Rundfunkreporter, Fotografen von Illustrierten und Redakteure von Zeitungen auf der Suche nach einer Erklärung für die ungewöhnlichste Lovestory der an ungewöhnlichen Lovestorys durchaus reichen Stadt.

Tausendmal wurde Joachim Burger gefragt, wie er auf die Idee mit dem Boot in Schwanenform gekommen sei (»Dachte mir: Mal was anderes, und Schwäne sind ja eh hier, ich hätte ja schlecht einen Hai nehmen können, hehe.«). Wieder und wieder musste er das Gerücht bestätigen, dass der Schwan nachts neben dem Tretboot schlafe und es am Morgen mit einem Trompetenstoß quasi »wecke«.

Und zum x-ten Mal musste Burger vor Mikrofonen erzählen, wie er am vierten Tag die Besucher beruhigt hatte, weil der Schwan nach einer Tour mit an Land gestiegen war (»Ein genetischer Defekt, schätz ich«) und jeden böse angefaucht hatte, der sich dem Tretboot näherte.

Das war bloß, weil der Kerl am Lenkrad immer schneller gefahren ist und ich kaum noch hinterhergekommen bin, dachte Mathilda.

Der Auftrieb ging ihr zunehmend auf die Nerven. Sie wollte allein sein mit Giacomo, ganz allein, nur er und sie, wie das so ist, wenn man sich liebt.

Sie hatte ihm den Namen Giacomo gegeben.

Woher sie den Namen kannte, wusste sie nicht. Vielleicht hatte sie ihn da gehört, wo sie herkam.

Wo sie herkam, wusste sie allerdings auch nicht mehr.

Schwarz- oder Trauerschwäne besitzen kein besonders ausgeprägtes Langzeitgedächtnis.

Giacomo.

Den Namen hatte Mathilda sich gemerkt. Und er passte, fand sie, wie kein zweiter zu ihrem Liebsten.

Mathilda and Giacomo. Giacomo loves Mathilda. Mathilda loves Giacomo.
Manchmal, ohne Absicht, sprach oder dachte sie auf Englisch. Das rührt daher, dass ihre Vorfahren aus Australien stammen und die meisten ihrer Zeitgenossen nach wie vor *down under* leben. Sogar ein Fluss ist dort nach ihnen benannt, und ein Trauerschwan ziert das Wappen Westaustraliens und die Nationalflagge.
Oh yes, dachte Mathilda jetzt im Englischen Garten und wartete ungeduldig auf den letzten Ausflug des Tages. Und als es endlich losging und sie neben dem Bug herschwamm, fotografiert von Kindern und Erwachsenen, beschloss Mathilda, den Kleinhesseloher See umzutaufen, und zwar gleich.
»Ich taufe dich«, sagte sie etwa auf Höhe der Königsinsel und nickte mehrmals heftig hintereinander, streckte den Hals, gab eine weithin schallende Fanfare von sich und spuckte üppig ins Wasser, »ich taufe dich auf den Namen ›Lake Giacomo‹!« Dann breitete sie ihre Flügel aus, reckte den roten Schnabel in die Abendsonne, umrundete elfengleich das Boot und zog dann in schönster Haltung und Anmut weiter neben dem Tretboot her, auf dem die Eltern mit ihren zwei Kindern vor lauter Staunen schon schielten.

»Ich hab's gewusst«, raunte Rudolf seiner Hermine zu, nachdem er das Schauspiel aus nächster Nähe beobachtet hatte. »Ich hab's gewusst. Ich hab's immer gewusst.«

Im Sommer fanden die reinsten Verfolgungsjagden statt. Abertausende von neugierigen Amateurruderern hefteten sich an die Fersen des Tretbootes und an jene des Schwans. »Mathilda! Mathilda! Mathilda!«, riefen ohne Unterlass die Kinder, als wären sie Rudolfs Enkel.
Und vom Ufer her riefen die Leute: »Das Tretboot! Da ist das Tretboot und sein schwarzer Schwan!« Mathilda heulte jedes Mal innerlich auf. Wie das klang! Irgendwie gemein. Dass ihr Geliebter gar keinen Namen von den sonst so ausgiebig vor sich hin phantasierenden Reportern erhalten hatte, fand Mathilda total ungerecht.
Und dann: schwarzer Schwan! Als wäre sie das schwarze Schaf unter den Schwänen auf dem Kleinhesse… auf dem Lake Giacomo.
Um sie herum blühte der Sommer in prächtigen Farben. Aus dem Biergarten duftete es nach gegrilltem Fisch und Hähnchen und saftigem Braten, die Ausflügler winkten, manche sogar mit weißen Taschentüchern, wenn Mathilda und Giacomo vorüberglitten. Die Blaskapelle spiel-

te einen Tusch, und jeder, der einen Maßkrug vor sich stehen hatte, hob ihn hoch und prostete dem einzigartigen Liebespaar zu.
»Was für eine Treue«, raunte manche Besucherin, die nicht wusste, dass Schwanenpaare fast immer ein Leben lang zusammenbleiben, auch wenn sie ansonsten recht einzelgängerisch veranlagt sind.
»Einzelgängerisch«, brummte Rudolf den ganzen Sommer über. Hermine hörte schon gar nicht mehr hin. »Einzelgängerisch! Psychopathisch ist das, megapsychopathisch!«

Es gab Tage, da hatte Mathilda vergessen, wo sie eigentlich war. In der Nähe von Giacomo, natürlich. Aber diese Nähe war irgendwie außerhalb von allem anderen, irgendwo auf einem großen blauen, unendlichen Meer, vielleicht im Pazifik, auch wenn sie vergessen hatte, wo genau der Pazifik lag.
Jeden Morgen erwachte sie wie nach einem elektrischen Stromschlag, der jede einzelne ihrer Federn durchzuckte, der ihr Herz so wild zum Schlagen brachte, dass sich unter ihr Wellen bildeten, als werfe jemand Steine ins Wasser, runde, schwere, glänzende Steine. Sie vergaß zu essen und zu trinken. Sie verschmähte sogar die frischen

Blätter der Trauerweiden, und auch das wohlriechende Gras auf der Kurfürsteninsel lockte sie nicht mehr so wie früher.
Vor Aufregung und Anspannung zuzelte sie bloß noch an Algen und lätscherten Wasserpflanzen herum, rührte die Brotkrumen, die der alte Engels extra für sie sammelte und in bunten Plastiktüten in den Park mitbrachte, nicht mehr an. Nicht einmal mehr ein Auge hatte sie für ihn. Dabei war er, seit sie aus geheimnisvollen Gründen an einem Märzmorgen vor einem Jahr im Englischen Garten gelandet war, stets ihr einziger Vertrauter unter den zweibeinigen Federlosen gewesen.
Genau wie sie konnte auch der alte Engels sich nicht mehr daran erinnern, wie es früher einmal war und wo er überhaupt herkam. Er lebte unter freiem Himmel, wie Mathilda, und wie sie galt er als Sonderling und wahrscheinlich verrückt, und das störte ihn nicht im Geringsten. Und so trafen sie sich gelegentlich am Abend, am seichten Ufer, und sie kaute seine Krumen, und er trank seinen Wein, und oft schwiegen sie lange und schauten der Sonne beim Verschwinden zu. Dann kraulte er sie zittrig am Kopf, und sie wedelte mit dem Puschel. Und der alte Engels grinste, und sie sah, dass er noch weniger Zähne hatte als sie.

Seit Giacomo aufgetaucht war, hatte Mathilda keine Zeit mehr für den alten Engels. Und er? Er hockte auf der grünen Bank am Ostufer und warf seine Krumen ins Wasser und blinzelte viel. Er war nämlich sehr kurzsichtig und auch etwas traurig, aber dass Mathilda eines Tages wiederkommen würde, daran zweifelte er nicht.

»Schwäne sind treu, das kann eine lange Geschichte werden.«

Die beiden Männer, die mit Giacomo über den See fuhren, redeten so laut, dass jedes ihrer Worte in der klaren, kühlen Luft dieses Herbstabends widerzuhallen schien.

»Mir gefällt's, wenn die Geschichte länger dauert«, sagte Joachim Burger. Er trat in die Pedale und lenkte das Boot zwischen den Inseln hindurch. Neben ihm saß ein Mann, den Mathilda noch nie gesehen und der sich als Klaus-Heinrich Falcke und Leiter des Tierparks Hellabrunn vorgestellt hatte.

»Wir müssen Geduld haben«, sagte der Zoodirektor. »Aber über den Winter müsste sie es schaffen.«

»So viel Werbung für meinen Bootsverleih hatte ich noch nie«, sagte Burger schnaufend.

»Kann gut sein, dass sie im nächsten Frühjahr das Spiel von vorn beginnt«, sagte Falcke.

Sie, das bin ich, dachte Mathilda. Was für ein Spiel denn? Und was passiert im Winter?
Sicherheitshalber schmiegte sie sich mit ihrem langen Hals an den Bug, wie so oft, und atmete den betörenden Geruch des sonnengetränkten Kunststoffs ein. Und ihr Puschel wedelte wie von selbst vor Behaglichkeit.
Am ersten November, an Allerheiligen – Mathilda liebkoste gerade den an der Anlegestelle vertäuten und von gelben Blättern bekränzten Giacomo –, tauchten zwei Männer mit einer großen Kiste auf. Mathilda wurde von Gummipranken gepackt, weggeschleift und in die Kiste verfrachtet, deren Schiebetür zwei andere Pranken sofort verschlossen.
Als Mathilda das Tageslicht wiedersah, war sie umringt von weißen Höckerschwänen. In der Ferne hörte sie Elefanten disharmonisch tröten. Und am Rand des Tümpels, auf dem sie ausgesetzt worden war, standen Herr Burger und Herr Falcke und winkten ihr allen Ernstes zu.
Und nirgendwo ihr Giacomo.
Und Giacomo war nirgendwo.

Joachim Burger und Klaus-Heinrich Falcke hatten auf ihrer einsamen Bootsfahrt beschlossen, den inzwischen weltweit bekannten Trauerschwan im Tierpark Hellabrunn überwintern zu lassen. Wobei die Hintergedanken des Zoodirektors dem Bootsverleiher nicht verborgen geblieben waren. Falcke hätte den exotischen Vogel gern mit einem einheimischen gepaart und sich auf diese Weise eine neue Attraktion gesichert. Burger war nur deshalb mit der Umsiedlung einverstanden gewesen, weil der Schwan seine ganze Anlegestelle verdreckte und auch schon begonnen hatte, das Tretboot zu verschmutzen. Was Burger vom Psychologischen her nicht ganz verstehen konnte.

Im Zoo herrschte Gleichgültigkeit – auf allen Seiten. Die Höckerschwäne ignorierten Mathilda, vor allem die Weibchen. Zum einen verachteten sie das schmutzige Aussehen der Neumieterin, zum anderen waren sie auf den roten Schnabel und die orangefarbenen Augen glühend eifersüchtig. Mathilda ging das Gehabe der Höckerschwäne am Puschel vorbei.

Die Enten schnatterten blödes Zeug, die Flamingos stolzierten sowieso nur unter ihresgleichen durch die Gegend, die zwei Pfauen lachten sich hinter vorgehaltenen Flügeln über den verklemmten Vogel schlapp, trotzdem konnte man ihr Gelächter bis an die Isar hören. Mitte Dezember kamen Pinguine vorbeispaziert, weil es kalt genug geworden war, um sie eine Stunde ins Freie zu führen.

Für Mathilda begann jeder Tag mit einer Träne im Knopfauge, und genauso endete auch jeder Tag. Lukas, Wladimir, Horst und die anderen Anwanzer interessierten sie so wenig wie ein in Australien stolpernder Dingo.
Das Einzige, was sie gern gewusst hätte, war, mit welchen Versprechungen dieser Falcke die Höckertrottel gelockt hatte, damit sie dieses verlogene Gesäusel vor ihr absonderten. Rote Flügel? Eine CD von Schuberts Schwanengesang? Ein Abonnement für Lohengrin?
Die ganze Zeit über redete Mathilda kein Wort. Nicht einmal an Weihnachten, als die Tiere im Zoo ihre Lieder sangen und man sich gehegeübergreifend alles Gute wünschte.
Mathilda schwieg. Den Schnabel im Gefieder, verbrachte sie die Feiertage abseits der anderen unter einer Linde, aß nur das Nötigste, versteckte sich vor den Besuchern. Sie schwamm ihre Runden, damit sie nicht aus der Übung kam. Jede Nacht träumte sie von Giacomo und stimmte die traurigsten Choräle an, zu denen ihr Kehlkopf fähig war.
Von diesem markerschütternden Schwanengesang berichteten bald sämtliche Radiostationen Deutschlands, und im Nu kamen Hörbücher mit Mathildas Klagerufen auf den Markt, die viele junge Leute auf ihre Handys oder iPods luden, so wie einst das Singen der Wale.

Von alldem bekam Mathilda nichts mit. Sie lebte weit außerhalb des gewöhnlichen Treibens im Tierpark, und als die ersten Knospen das neue Frühjahr ankündigten und Horst und Konsorten endgültig den Schnabel voll hatten von der zickigen Tussi in Schwarz, hatte Klaus-Heinrich Falcke ein Einsehen.

Am Morgen des 20. März rief er zwei seiner Helfer, diese brachten die Kiste mit der Schiebetür mit, und eine Stunde später stand Mathilda wieder auf der asphaltierten Anlegestelle von »Burger's Bootsverleih« und streckte ihren Hals gen Himmel, so weit sie konnte.

»Giacomo!«, rief sie. »Giacomo, endlich! Wie schön du aussiehst.«

Das stimmte. Burger hatte das Tretboot auf Hochglanz poliert, hatte die Planken gewienert, Hals und Schnabel geschrubbt, sogar die Pedale abgewaschen und die Aluminiumverstrebungen abgerieben.

»You are so beautiful to me!«, sang Mathilda im Überschwang. Sie sprang auf den Bug und blies eine Fanfare, die wie ein Triumphmarsch weithin über den Lake Giacomo schallte.

»Ich hab's gewusst«, raunte Rudolf im Dunkel seines Verstecks auf der Kurfürsteninsel. »Ich hab's gewusst, die kommt wieder. Ich hab's gewusst. Ich hab's doch gewusst!«

Doch dann geschah etwas vollkommen Unerwartetes.
Für den Bootsverleiher Burger kam das Ereignis eher weniger unerwartet, wenngleich er darüber nicht gerade vor Freude in die Luft hüpfte. Den meisten der ungefähr dreihundertneunzig Spaziergänger, die an diesem Ostersonntag zum Biergarten am Seehaus pilgerten, erschien die Sache irgendwie logisch. Und auch der alte Engels seufzte verständnisvoll und warf eine doppelte Menge Brotkrumen ins Wasser. Hermine stupste ihren Rudolf an, deutete mit dem Schnabel in Richtung See und sagte nichts weiter. Rudolf klappte seinen Schnabel auf und zu, weil er aus Versehen eine Stechmücke erwischt hatte, die nicht runterrutschen wollte, und sagte ausnahmsweise ebenfalls keinen Ton.
Im Grunde fanden alle, die Augen hatten, zu sehen, nichts Besonderes dabei – nur Mathilda. Sie traf die Begegnung vollkommen unerwartet.
Wo war der schneeweiße, fast ein Meter siebzig lange und, wie Mathilda auf den ersten Blick schätzte, mindestens achtzehn Kilogramm schwere Höckerschwan auf einmal hergekommen?
Majestätisch glitt er über die Wasseroberfläche direkt auf sie zu, umtänzelte sie, gab einen sanft melodischen, beinah zwitschernden Laut von sich und wich nicht

mehr von ihrer Seite. Zu Rudolfs und Hermines Familie gehörte er nicht, das wusste sie, und zu den übrigen verschrobenen Paaren, die sonst noch an den Ufern siedelten, genauso wenig. Und einer von Horsts Kumpeln war er auch nicht, wie hätte einer von den Schwachköpfen ihr quer durch die Stadt bis zum Kleinhesseloher See folgen sollen?

Sie hatte Kleinhesseloher See gedacht. Nicht: Lake Giacomo. O Giacomo.

Sie sah sich nach dem Tretboot um. Es lag am Ufer. Nein: *Er* lag am Ufer, schwerfällig und erschüttert, das erkannte sie selbst auf die Entfernung. Leute stiegen ein und wieder aus, Burger kletterte auf den Sitz und trat in die Pedale, doch nichts passierte. Er versuchte, Giacomo ins Wasser zu schieben – keine Chance. Giacomo bewegte sich nicht von der Stelle. Mit aller Kraft stemmte Burger sich gegen den in der Sonne glänzenden weißen Rumpf – nichts. Die Leute stießen Flüche aus und verlangten ihr Geld zurück.

Burger trat bis ganz an den Rand der Anlegestelle und streckte den Kopf vor, schwanenmäßig, fand Mathilda. Was machte er da? Er hielt nach ihr Ausschau, natürlich! Er gab ihr die Schuld für Giacomos Verweigerung. Wieso war sie nicht bei ihm, wie im letzten Frühling? Wie im

letzten Sommer? Wie noch im Herbst? Was war los mit ihr? Warum ruinierte sie sein Geschäft? »Komm zurück!«, hörte sie ihn rufen, »komm sofort zu mir zurück und begleite meinen Giacomo!«
Seinen Giacomo! Burger wusste ja nicht einmal, wie sein bestes Pferd im Stall überhaupt hieß! Der wollte nur Geld scheffeln, sonst nichts. Bestimmt hatte er über den Winter auch ihren Namen vergessen.
»Du bist Mathilda«, sagte der weiße, stolz voranpaddelnde Höckerschwan. »Und mein Name ist Amando.«
»Das ist a-aber ein un-ungewöhnlicher N-Name«, stotterte Mathilda und wäre damit in die Annalen der Geschichte der Trauerschwäne als erster stotternder Trauerschwan eingegangen, falls ein Chronist in der Nähe gewesen wäre. Niemand war in der Nähe.
Ganz allein zu zweit zogen Amando und Mathilda ihre Kreise, und es sah so aus, als hätte sie tatsächlich alles vergessen, was einmal war. Nur noch wenige Kameras und Fotoapparate waren auf Mathilda gerichtet. Zwar prosteten ihr die Leute im Biergarten immer noch zu, doch es war ein gewöhnliches Zuprosten, ein flüchtiger Gruß zum Zeitvertreib.
Mathilda wusste nicht, wie ihr geschah. Wie sie selbst vor zwei Jahren, war Amando von irgendwoher in die-

sem Park, auf diesem See gelandet, niemand hatte ihn je zuvor gesehen, die weiblichen Vögel zerrissen sich den Schnabel über den weißen Ritter, der ausgerechnet die hässliche Mathilda erwählt hatte.

»Du bist die Schönste«, hauchte Amando. Und Mathilda schmiegte sich an ihn und band ihren sagenhaft langen Hals um den seinen und drückte ihren roten Schnabel auf seine schwarze Schnabelspitze und vergaß die Welt um sich herum und fühlte wieder dieses Pochen im Leib, das ihr Gefieder vibrieren ließ und Kreise im Wasser verursachte, als werfe jemand Steine hinein, runde, schwere, wundersam glänzende Steine.

Da hörte sie das Geschrei der Kinder und ein immer lauter werdendes Platschen.

Wie ferngesteuert raste Giacomo auf sie zu.

Im Boot saßen zwei kreischende Mädchen, die Mutter und der Vater, der verzweifelt versuchte, das Gefährt unter Kontrolle zu bringen. Festgeklammert ans Lenkrad, trat er in die Pedale, ruckelte hin und her, schlug auf das Gehäuse, drehte das Lenkrad in alle Richtungen. Das Boot folgte einer gespenstischen Eigendynamik.

Mit ungeheurer Geschwindigkeit, gegen alle Gesetze der Technik, mit der es ausgestattet war, näherte das Tretboot sich dem Trauerschwan, der sich gerade ein paar

Meter von dem weißen Schwan entfernt hatte. Jetzt klickten am Ufer wieder die Fotoapparate, Leute brüllten in ihre Handys, den geschockten Biertrinkern tropfte der Schaum vom Mund.

Giacomo wollte Mathilda töten.

Erst Mathilda, dann Amando.

Giacomo hielt auf Mathilda zu. Diese schlug erschrocken mit den Flügeln, fester und fester, breiter und breiter. Und als das im Vergleich zu ihr riesige Boot sie fast erreicht hatte, hob sie ab und flog mit langgestrecktem Hals über das Tretboot hinweg, ruderte durch die Luft und landete schließlich auf der Königsinsel, praktisch vor Rudolfs Terrasse.

»Wirklich nicht!«, stieß dieser aufgescheucht hervor. »Jetzt echt nicht! Wirklich nicht! Nein, nein!«

Währenddessen hatte Giacomo sich gedreht – entgegen den panischen Armbewegungen des Mannes am Lenkrad – und nahm Amando ins Visier.

Amando machte keine Anstalten zu fliehen. Seelenruhig saß er da und wartete ab.

Schnarrend, innerlich Feuer speiend, getrieben von heiligem Zorn, bretterte Giacomo übers Wasser. Die Kinder hielten sich die Augen zu, die Mutter kreischte, der Vater hämmerte mit den Füßen auf die Pedale und trommelte

mit den Fäusten aufs Lenkrad. Rund um den See herrschte Fassungslosigkeit wie vor Jesu leerem Grab.
Einen halben Meter vor dem reglos ausharrenden Amando kam Giacomo zum Stillstand. Total abrupt. Der Vater krachte mit der Brust gegen das Lenkrad, die Mutter krachte gegen das Hartplastikgestell, die Kinder krachten gegen die Rücken ihrer Eltern. Ein einziges Heulen und Fluchen.
Sonst Stille.
Giacomo: gedemütigt, sprachlos, ausgebootet.
Amando: erhaben.
Der See: ein grünes Schweigen.
Und Mathilda wusste, was sie zu tun hatte.

Es war fünfzehn Minuten nach Mitternacht, der Himmel voller Wolkenberge, zwischen denen ab und zu die Sichel des Mondes auftauchte. Lautlos glitt Mathilda von ihrem Liebeslager unter der Weide über den See. Im fahlen Licht der Lampen an den Fußwegen lagen Burgers Boote wie ermattete Wesen der Nacht Seite an Seite. Und abseits der anderen das Tretboot, das Geschichte geschrieben hatte, das Tretboot der Herzen.
»Tut mir so leid«, flüsterte Mathilda und legte sich auf den Asphalt und schaute zum ewig weit entfernten Plas-

tikkopf hinauf. »Ich habe dich verletzt, Giacomo. Aber die Liebe, weißt du. Hörst du mich?«

Giacomo schwieg, wie er das immer getan hatte. Eine ganze lange Liebe lang hatte er geschwiegen.

»So was wie heute Nachmittag darfst du nie wieder tun, das musst du mir versprechen«, sagte Mathilda und rieb behutsam ihren Schnabel an der Planke. »Das hat der Herr Burger nicht verdient. Dem laufen die Leute weg, wenn du durchdrehst. Du musst mir versprechen, in Zukunft vernünftig zu sein. Versprich's mir!«

Giacomo schwieg.

»Amando und ich, wir sind …« Mathilda tat sich schwer, die Sache zu erklären, sie machte es zum ersten Mal, und vielleicht wäre es nicht verkehrt gewesen, jemanden mitzubringen, zur Unterstützung, einen Mann, der sich auskannte. Natürlich nicht Amando. Vielleicht Rudolf. Bei aller Besserwisserei war er ein …

Unsinn, dachte Mathilda, ich muss das allein zu Ende bringen.

»Wir werden zusammenbleiben, Amando und ich, und wir werden Kinder haben.« Sie horchte auf eine Reaktion. Giacomo sagte nichts. »Wir werden diesen See nie verlassen, das verspreche ich dir. Amando und du, ihr werdet bestimmt Freunde werden, und wenn du möch-

test, begleiten wir dich manchmal auf deinen Fahrten, gemeinsam mit unseren Kindern. Das wird eine große Gaudi werden.«

Im Laufe ihrer zwei Jahre in München hatte Mathilda schon manches bayerische Wort aufgeschnappt.

»Ich kann's dir nicht erklären«, sagte Mathilda und stand auf und schüttelte ihr Gefieder. »Ich weiß jetzt, zu wem ich gehöre. Ich werde dich nie vergessen, Giacomo.«

Das war leichtsinnig dahergesagt, das war ihr klar, aber es klang einfach gut.

»Bis morgen, mein Freund.« Noch einmal legte Mathilda ihren langen Hals quer auf den Bug, dann stieß sie so leise wie möglich eine kleine Fanfare aus, watschelte ins Wasser und schwamm ihrem Glück entgegen.

In diesem Moment reflektierte auf einer der dünnen Aluminiumstangen, die zum Festhalten dienten, das Mondlicht, was dem Tretboot für einige Sekunden eine Aura des Wundersamen und Verlorenen verlieh.

Am übernächsten Morgen jedoch war Giacomo, von dem nie jemand erfahren sollte, wie er hieß und was in der Tiefe seines Rumpfes vorgefallen war, als er zur Attacke auf die Schwäne angesetzt hatte, das glücklichste Tretboot der Welt.

In der Nacht zuvor, in der Mathilda und Amando sich das Jawort gaben – beim Grillengesang der »Hesseloher Stubnmusi«, die zu jeder Schwanen- und Entenhochzeit im Englischen Garten aufspielte –, hatte die Braut ihrem Zukünftigen ein Versprechen abgerungen. Eine Weile musste sie an ihn hinbenzen, was sie ein wenig mürrisch machte, aber schließlich willigte Amando ein.
»Es wird ein Palast«, schwärmte Mathilda.
Und so begannen sie noch in der Morgendämmerung, aus Ästen, Zweigen, Pflanzen und Gräsern ihr Nest fürs Leben zu bauen. Und zwar nicht auf einer der drei Inseln oder an einer seichten Wasserstelle. Sondern mitten auf dem Tretboot Giacomo.
Giacomo sollte das Fundament ihrer Zukunft sein.
Dort, wo gewöhnlich die Leute saßen und sich abstrampelten, errichteten der weiße Schwan und die schwarze Schwänin ein Nest von unglaublicher Größe. Am Ende – die ersten Spaziergänger und Jogger hielten ungläubig inne – ragte das Nest vom Tretboot aus einen Meter dreißig in den blauen Frühlingshimmel. Eine solche Höhe und Größe, bestätigte der Zoodirektor Falcke wenig später, war weltweit bei noch keinem Schwanenpaar beobachtet worden. Joachim Burger brachte geschlagene drei Stunden keinen einzigen Ton heraus.

Eine Sensation, ein gefundenes Fressen für Reporter aller Art und eine Attraktion für München-Besucher aus der ganzen Welt und Isar-Überquerer aus den östlichen Stadtteilen.

»Hab euch ein paar saftige Birkenzweige mitgebracht«, sagte der alte Engels, der als Einziger in die Nähe des Nestes kommen durfte.
Und Mathilda?
Mathilda führte ein erfülltes Leben, sie wurde uralt, nämlich achtundzwanzig, und manchmal, wenn der Mond in der Nacht durch die Wolken spitzte, erzählte sie ihren Enkeln von ihrer ersten großen Liebe. Und jedes Mal fragten die neugierigen Küken sie nach dem Namen ihres großen Schwarms.
Doch den Namen, tja, den Namen hatte Mathilda vergessen.